FORTUNA INVISIBLE

(Un cripto clásico)

J. Lee Porter
Ed Teja

Traducido al español por
Yubisnay Sánchez

Publicado por Nomadic Giant, LLC
www.nomadicgiant.com

ISBN-13: 978-1-949063-04-2

ISBN-10: 1-949063-04-6

Esta historia es ficción. Aunque estamos razonablemente seguros de que Cartagena, Colombia es un lugar real (y muy bueno) los personajes y las cosas que hacen son solo producto de la imaginación sobrecalentada de los autores y cualquier parecido con cualquier persona viva o muerta es una extraña coincidencia, y algo para ser considerado muy extraño. Por favor revise sus suposiciones.

Un Mal Hombre

"El objetivo de Bitcoin es que no confíes en alguien que te diga cuál es la verdad".
Andreas Antonopoulos
Autor de Mastering Bitcoin

Conocí a Daryl Saunders de la manera en que a menudo te encuentras con otros compatriotas cuando viajas. Había ido a Cartagena, Colombia, tomando un descanso muy necesario de mi trabajo como programador en los Estados Unidos. Es un lugar cómodo, lo suficientemente parecido a los Estados Unidos para no ser inquietante y, sin embargo, un universo alejado de lo que pasaba en mi vida normal.

Me he estado quedando en la antigua ciudad amurallada durante una semana aproximadamente, el tiempo suficiente para encontrar algunos lugares favoritos y conocer algunas personas. Uno de los mejores lugares que encontré para disfrutar la puesta de sol fue un bar llamado El Baluarte De San Francisco. Está encaramado en la muralla; solía ser un restaurante y aún sirve algunos alimentos caros, pero sobre todo es un bar al aire libre con una gran vista.

La ciudad es asombrosa Los españoles lo fundaron en 1533, pero tardó hasta 1796 en construir sus muros, que eran para protegerse de los piratas. Era, después de todo, un puerto clave para la exportación de plata peruana a España y para la importación de esclavos africanos. Ahora la ciudad vieja es un museo gigante y una atracción turística.

Sentarse allí en el aire húmedo de la noche, disfrutando de un vaso de Glenfiddich de 18 años en las rocas y mirando a la ciudad y los barcos amarrados en los muelles es surrealista. Podía mirar hacia abajo en edificios españoles de 500 años de antigüedad, y con un pequeño giro de mi cabeza podía ver una nueva pared, una hecha de modernos edificios de gran altura. Justo al atardecer, el sol brilla sobre el metal y el vidrio de los brillantes edificios nuevos. Entonces, cuando el cielo se oscurece rápidamente, las luces se encienden. Es una transición gloriosa de la modernidad reluciente a un país de las maravillas donde todo brilla.

Y a pesar de todo, en la ciudad debajo de mí, hay una horda de turistas, tanto colombianos como extranjeros, lo están asimilando, lleno de vendedores y estafadores que venden sombreros, comida, todo tipo de recuerdos y promesas de excursiones para el próximo día a magníficas playas.

Las playas pueden ser agradables, pero estaba contento en mi silla viendo todo. Diego, mi camarero, sonrió y trajo mi segunda copa sin que yo lo preguntara. Era bueno en su trabajo: el hielo que había puesto en el vaso era una sola esfera grande. Eso minimiza el área superficial del hielo y logra enfriar el precioso licor único sin regarlo demasiado rápido. Eso es importante cuando estás afuera en un calor que persiste mucho después de que se pone el sol.

Como de costumbre, estaba bebiendo solo. Así como Diego había demostrado ser un buen, no, un excelente camarero, yo también había sido un cliente ideal. Como agradecimiento por mis generosos consejos, se aseguró de que estuviera sentado lejos de los parlantes, que a veces podía hacer sonar música estridente, y el volumen aumentaba a medida que avanzaba más tarde.

A diferencia de muchos que vinieron aquí, quería relajarme y saborear mi bebida. Por ahora, la música era jazz suave y me sentía tan suave como el solo de saxofón que podía escuchar en el aire nocturno.

Esta es un área llena de gente y el flujo de la multitud atrae a diferentes personas dentro y fuera de su círculo, ténganlo en cuenta. Ante eso, no fue una sorpresa cuando entró un hombre, se acercó a mi mesa y me preguntó si podía compartir mi mesa. "Las familias están llenando el lugar", dijo.

Levanté la vista para ver a un hombre que supuse tenía unos cincuenta años. Estaba bien afeitado, de estatura mediana, y vestía una camisa suelta, pantalones cortos y sandalias, el uniforme del expatriado tropical. Su pedido parecía razonable, así que asentí. "Sírvete." Mientras decía las palabras, sabía que eran ciertas. De repente, la idea de tener compañía, de tener alguien que hablara inglés con quien conversar, me atrajo.

La conversación es un intercambio extraño y complejo. A menudo me sorprendió descubrir que los expatriados y los viajeros que se encuentran en algún lugar lejano se contarán entre sí cosas que nadie en su sano juicio admitiría si volvieran de donde escaparon. Tal vez es una necesidad de formar vínculos, tal vez es una manera de descubrir quiénes son. Quizás es el lanzamiento de confesar (de alguna manera) a un perfecto extraño. Sea lo que sea, parece que todos nos convertimos en Chatty Cathy cuando estamos en el extranjero y Daryl no fue la excepción. Él se sentó, pidió un trago a Diego, quien le lanzó una mirada de desaprobación que él ignoró, y se abrió a mí.

En esa avalancha de palabras, aprendí mucho. Así fue como supe que su nombre era Daryl Saunders y que era rico; así fue como supe que su riqueza estaba en Bitcoin. No lo había preguntado, él solo me lo dijo. No me importó... al principio no. Lo que hace una persona con su dinero, incluso cómo lo consiguieron, no me interesa demasiado. No es que no sienta tanta curiosidad por las personas como cualquier otra persona, pero me criaron para considerar las finanzas de otras personas como algo que no me incumbe. No quería compartir nada sobre mis finanzas tampoco. Me parece inquietante.

Daryl vino de un mundo diferente y tenía otras ideas. Quería decirme, parecía necesitar explicar, cómo había invertido en Bitcoin en

2013 e hizo una fortuna. Pensó que era gracioso que debido a eso, ahora no hiciera nada. Una vez al mes, para cubrir sus gastos, convertía algunos de sus criptos a pesos. Ese fue su mes de trabajo. "Es como tener una cuenta bancaria interminable", dijo. "Hace años que dejé de pensar en mi dinero en términos de dólares".

Sé que mucho de lo que la gente te dice en un bar son básicamente gilipolleces, pero la historia de Daryl tiene sentido. Él me contó sobre la enorme casa que tenía en la ciudad. "He renovado una antigua mansión española", dijo. "Bueno, ya lo hice". Me sonrió.

"Los lugareños hacen un buen trabajo y yo no hago ninguno". Tiene paredes antiguas pero un interior simple y moderno. Compré otro edificio, el de al lado, y lo derribé para hacer un garaje".

"¿Necesitas un gran garaje?". Me sorprendió que alguien quisiera tener un auto en Cartagena. El tráfico era terrible.

Una mirada de felicidad cruzó su rostro. "Lo necesito para mi colección".

"¿Tienes autos lujosos aquí? En este tráfico?"

"Motocicletas. Clásicos italianos. Yo no las monto. No soy estúpido."

Quizás él no era estúpido, pero era parlanchín. Su conversación me divirtió, así que lo dejé vagar, y volvió a su tema favorito: su dinero. Había leído un poco sobre criptos y tenía curiosidad por conocer a alguien que realmente los hubiera comprado antes. Así que sondeé sutilmente para saber algunos detalles. "¿Cómo lo vendes?", Le pregunté. "Estamos en fricken Colombia".

"Es algo global", dijo. "Ingresé a una cuenta en una pequeña bolsa en Panamá que atiende a grandes titulares de Bitcoin. Sacan lo que yo diga, lo envían a mi cuenta bancaria y mis cuentas se pagan automáticamente." Él chasqueó los labios. "Mierda, lo poco que gasto estos días ni siquiera está cerca de desmantelar el principio", dijo. "Esa mierda criptográfica vale más cada vez que la miro. A este ritmo, nunca me quedaré sin dinero. Me dio una sonrisa de satisfacción y se frotó las manos. "Es mi fortuna invisible".

Como dije, absorbí la información, asentí en los momentos adecuados y escuché educadamente. A veces puedo hacer eso. Cuando hizo una pausa, pedimos otra ronda de bebidas.

"¿Así que dejas que el intercambio sostenga tu Bitcoin? ¿No es peligroso? Cualquiera que acceda a la cuenta podría obtener tu dinero:

por lo que leí, Bitcoin es un activo digital al portador y quien tenga las llaves privadas controla las monedas".

"No hay forma de que eso suceda", dijo. "Hay un montón de seguridad. Tengo un teléfono separado que uso para acceder a mi cuenta y nunca sale de mi oficina. Proporciona lo que ellos llaman autenticación de doble factor. Sin ese teléfono... ¡bueno, solo digo que es a prueba de intrusos!"

Quería explicar que todo eso no impediría que su intercambio se llevara a cabo con el dinero o el intercambio en sí mismo siendo pirateado, pero demonios, era obvio que no quería más consejos de alguien como yo. Era rico y exitoso, y yo solo era un tipo en un bar.

"Me pediste que te avisara cuando llegaran tus invitados", dijo una voz suave que vino detrás de mí.

Me volví y me deleité con la visión de una pequeña y delgada belleza colombiana en el esplendor de sus veinte años. Cuando ella me sonrió, solo estaba siendo cordial con el amigo de Daryl, pero, confesaré que esa sonrisa me hizo sentir bien. Eso hizo que la expresión embrujada en sus ojos contradijera su sonrisa de una manera extraña. Mi impresión fue que esta mujer era infeliz, quizás asustada.

"Esta es Paola, mi asistente", dijo. "No es que yo haga una mierda en la que realmente necesite ayuda, pero la encontré en Medellín y siempre quise una ayudante femenina, por así decirlo." Me hizo un guiño astuto, casi conspiratorio. "Ahora ella me dice que necesito ir a una cita para cenar. Tengo cosas que hacer y gente que sobornar." Se puso de pie. "Es bueno hablar contigo..." cuando hizo una pausa, me di cuenta de que nunca me había preguntado mi nombre.

"Igual, Daryl," dije, muy feliz de que no supiera quién era yo. Cuando se fue, con Paola a su paso, le hice señas a Diego para que viniera. Yo quería otro whisky. "Tu amigo no pagó su factura", dijo. Lo miré con curiosidad. Diego había estado frunciendo el ceño y ahora me miraba con una mueca desagradable.

"No es mi amigo, pero pagaré sus tragos, Diego. Póngalo en mi cuenta y no se ponga raro conmigo". Inclinó la cabeza, como si estuviera decidiendo si quería servirme otro trago o no. Eso fue serio. Diego era un chico joven, con un buen inglés que lo hizo popular entre los huéspedes de cruceros que no tenían español. Y él había sido amistoso durante la última semana, así que eso me dejó perplejo. No podía pensar en nada de lo que dije o hice que tuviera algo que ver con él, y no me gusta el drama. Así que lo llamé por su actitud. "¿Por qué me miras así?"

"O tiene mal gusto con los amigos o tampoco es una buena persona", dijo.

"¿Buena?" Me preguntaba si el hombre odiaba a los ricos. "Y como dije, él no es mi amigo. Acabo de conocer a ese tipo aquí mismo. Él vino y se sentó porque no pudo encontrar otro lugar para sentarse. O eso dijo él".

Eso lo sorprendió. "Pero lo dejó sentarse con usted".

"Parecía lo más civilizado que podía hacer".

"Él es un mal hombre".

"¿Malo? ¿De qué estás hablando? ¿Cómo es malo?"

"No me corresponde a mí decirlo".

"Pero estás diciendo que es malo. Si él está haciendo algo, díselo a la policía o a otras personas a las que se les paga para que hagan una mierda".

"No puedo ir a la policía". No me gustó el sonido de eso.

"¿Por qué no?"

"Paola, su asistente, me advirtió que no lo hiciera. Ellos no ayudarán".

Esto sonaba peor cada vez. "¿Así que conoces a la chica?"

Ahora él tenía un anhelo en su rostro que me decía que quería conocerla mejor. Eso era algo que podía entender. Ella era una chica sexy. "Hablamos a veces cuando ella viene a la ciudad haciendo recados para el bastardo. Mi casa está cerca de una tienda que le expende alcohol especial". Entonces recordó dónde estaba y que yo era un cliente. "Traeré su bebida".

Pensé en lo que dijo. Fuera lo que fuera lo que estaba pasando, realmente le molestaba a Diego, y me gustaba. Cuando regresó, le hice la pregunta que se me vino a la cabeza. "¿Paola me contaría las historias sobre su jefe?"

Él se encogió de hombros. Parecía que las circunstancias y mi actitud me daban la absolución de mi culpabilidad por asociación... por ahora. "Ella le hablaría si él no estuviera cerca y usted fuera una persona dispuesta a detenerlo".

"¿Como tú?"

Esa pregunta lo tomó por sorpresa. "No puedo hacer nada para detenerlo".

"Pero tú quieres".

Él consideró eso. "Haría lo que pudiera".

Bebí un sorbo de la bebida. "Es bueno saberlo." Incluso sin saber lo que Daryl estaba haciendo, mi pequeño cerebro de programador ya había comenzado a jugar con ideas sobre cómo llegar a él. Estaba tomando partido basado en nada. Y me pregunté qué quería decir Diego al detener a Daryl... ¿ellos querían matarlo?

No estaba seguro de ir tan lejos, sin importar lo que él hubiera hecho. Pero estaba seguro de que podría llegar a él de otra manera. "Me gustaría hablar con ella", le dije.

"Se lo diré", prometió Diego.

Bebí mi whisky e intenté olvidarme de todo, lo que naturalmente significaba que no podía pensar en otra cosa. Cualquiera que fuera el vicio de Daryl, aparentemente no eran solo drogas excesivas u orgías o algo así. Nadie estaría interesado en detenerlo si eso fuera todo, especialmente no estos dos jóvenes. Si ellos seguían por ese camino, habría más candidatos para detenerlo de los que podrían manejar toda la vida.

Un Encuentro Casual

Al día siguiente, desayuné en una pequeña cafetería a la vuelta de la esquina del lugar donde me estaba quedando. Mi habitación estaba fuera de la ciudad amurallada, en un pintoresco barrio llamado Getsemaní que es una red de estrechas calles laterales de un solo sentido y puertas de estilo antiguo, con jardineras colgando de las ventanas del segundo piso.

Había estado en el café unas cuantas veces y mientras comía, conversé con un par de personas locales que parecían ser habituales allí. Les pregunté si conocían a un tipo llamado Daryl Saunders. Dijeron que no y pensé que era el final. No fue así.

"Lo siento, pero te oí preguntar sobre ese hombre rico, Saunders," dijo el dueño, acercándose a la mesa.

"Sí."

"¿Por qué preguntas por él?" No pareció contento.

"Solo tenía curiosidad sobre él, eso es todo".

Él me dio una mirada dura. "Te diré que es un tipo desagradable".

"¿Qué quieres decir con eso? Pregunté.

Parecía sospechar de mí. Una vez más, sentí que estaba siendo tratado con el pincel de la asociación. "Si no lo supieras, entonces no estarías tratando de averiguar más sobre él".

"Mira, acabo de conocerlo anoche. Él parecía estar lo suficientemente bien, pero luego me dieron la clara impresión de que está tramando algún tipo de mierda perversa. Ahora, solo porque nos sentamos en la misma mesa bebiendo por unos minutos, eso parece hacerme un mal tipo. Me gustaría saber qué está pasando, eso es todo".

"Entonces, ¿quieres saber cuál es su vicio?"

"Solo quiero saber si esto es real-- si el tipo es una especie de hombre espeluznante. Como mencioné, me dijeron que era malo, pero no voy a descartarlo solo por rumores o rumores de rumores".

"En ese caso, no puedo ayudar", dijo el hombre. "Solo sé rumores. Pero hay tantos rumores que me alegro de que no venga a mi lugar. No ayudaría a la reputación de mi café que él viniera aquí más de lo que ayuda a los suyos".

Esa actitud era inquietante y con intensidad sonaba más que un simple chisme. Claramente, hablar con este tipo acerca de Daryl Saunders no iba a ayudarme a aprender más.

Después del desayuno, caminé por el casco antiguo por un tiempo. La ciencia era calmar mi mente con la tranquilidad de los hermosos edificios, las grandes iglesias y la música de la calle haciendo eco en la calle. No funcionó. Me volví hacia las filas de tiendas, pensando que tomaría algunos aperitivos para llevar a mi habitación. No estaba llegando a ninguna parte, así que decidí ver una película y ver si podía dejar de pensar en lo que Daryl estaba haciendo.

Fue entonces cuando entré en Paola, literalmente. Ella estaba saliendo de la tienda en la que yo estaba entrando y chocamos el uno contra el otro en una colisión frontal suavizada solo por su pequeño tamaño. El impacto derribó sus bolsas en el suelo, y las compras que llevaba se desparramaron. Una bolsa de detergente se deslizó debajo del mostrador y una botella de aguardiente rodó en la dirección opuesta.

Cuando salimos de la conmoción, ella me reconoció. "Disculpa", dije. "No estaba mirando hacia dónde iba. Deja que te ayude."

Ella asintió con la cabeza, y ambos nos pusimos en cuclillas para recoger las cosas de nuevo y luego las metimos en sus bolsas de tela. Cuando nos levantamos, la sujeté absorbiendo la visión profundamente. Su ligero vestido de algodón colgaba bajo y, como no llevaba sujetador, tenía una gran vista de la exquisita carne marrón curvada: la parte superior de sus pequeños pechos. Estaban cubiertos de minúsculas gotas de sudor, parecidas a diamantes, que parecían curvarse como si adoraran al sol. Me dejó sin aliento. Al levantar la vista de esos pechos para mirarla a los ojos, vi que la expresión de embrujo todavía estaba allí y que estaba temblando. "¿Cuál es el problema?", Le pregunté.

Ella sacudió su cabeza. "Nada. Gracias por tu ayuda. Ahora debo regresar a la casa".

"Fue mi culpa. Déjame invitarte una cerveza fría o un café para disculparme por chocar contigo de la manera en que lo hice."

"Eso es muy amable, pero el Sr. Daryl..."

"Dile que te encontraste con el hombre con el que estaba hablando antes".

"¿Por qué habría de hacer eso?"

"Él sabe que te he conocido brevemente. Sería natural para mí retrasar a una bella dama, querer hablar con ella y llegar a conocerla. No hay nada sospechoso en eso. Puedes culparme por haberte retrasado".

"No yo..."

Ella quería irse. Eso era natural Ella no me conocía, pero me había visto beber con Daryl. Al igual que Diego, ella podría haber llegado a la conclusión equivocada. Pero, mientras sostenía una de sus bolsas de comestibles prisionera, ella estaba en un aprieto. Esa estúpida bolsa de comestibles fue mi oportunidad para hacerle saber que quería ayudar. Entonces tomé su muñeca y la llevé a un bar de jugos al lado, donde conseguí que ella se sentara. "Debes calmarte... tranquilízate", dije. "Escucha, sé que algo anda mal, algo mucho peor que dejar algunas compras. Quiero ayudarte."

Ella estaba confundida. "Solo necesito hacer mi trabajo".

"Tal vez si me dijeras cuál es el problema, el verdadero problema, podría ayudarte a arreglar las cosas".

"¿El problema?" Ella pareció sorprendida.

"Me dijeron que Daryl, tu jefe, es un mal hombre. No tengo idea de qué es lo que está haciendo o a quién está lastimando, pero es evidente que te tiene enojada. ¿Te está lastimando? Sus ojos brillaron por un momento.

"¿Quién te dijo estas cosas sobre el Sr. Daryl?"

"Diego, el mesero de El Baluarte de San Francisco".

"Ajá", dijo, comenzando a sonreír. "Él se preocupa por mí". La idea obviamente la complació.

"Lo hace y después de que me vio beber con Daryl, pensó que tal vez éramos amigos y que yo era como él. Nos habíamos llevado bien y de repente él estaba disgustado conmigo. Le pregunté, pero él no me dijo lo que hace el hombre. Incluso cuando se dio cuenta de que no conocía a Daryl, todo lo que dijo fue que querías que alguien lo detuviera".

Su mirada se volvió calculadora; ella me estaba evaluando. No podría culparla. Por todo lo que ella sabía tal vez Daryl me envió a probarla. "No me interesan las personas que asustan a las mujeres hermosas y molestan a mi camarero favorito. Dime de qué se trata y quizás pueda ayudar".

Ella estaba reacia. "No debería hablar de él". Cuando me miró, esos grandes ojos castaños contradecían sus palabras. Ella quería hablar de él, pero necesitaba que la convenciera de hacerlo.

"Todo lo que diga será entre usted y yo. Nadie más."

"Si puedo ayudar, lo haré ".

Se sentó en silencio, considerando lo que había dicho, decidiendo si podía confiar en mí. Eso me hizo preguntarme qué tipo de ayuda necesitaba, qué requería el trabajo. No soy una persona de aspecto intimidante. Era un programador que acaba de hartarme con la carrera de ratas. Me había estado quemando y tuve la suerte de ser valorado por mi empleador. Cuando terminé mi proyecto, me ordenó que me fuera de vacaciones. "No quiero ver tu cara fea durante un mes completo", había dicho. "No quiero que me llames, ya que solo me molestarás. Quiero que vayas a... México. Siéntate en una maldita playa y enférmate bebiendo".

Siendo un tipo siempre obediente, vine a Colombia y me alejaba de las playas. Quién, después de todo, quiere arena en su escocés. Y al quitar la ropa de alguna chica guapa se obtiene una mejor vista que de una en bikini en la playa.

Entonces, pueden ver que solo soy un tipo normal, en otras palabras. Si lo que estaba buscando era músculos, tal vez no tenía sentido contarme sobre sus problemas.

Después de sopesar las opciones por un tiempo, chupando inconscientemente su labio de una manera que me pareció muy sexy, dijo en voz baja, "Él les hace cosas malas a los niños pequeños". Él los lastima, los usa. Lloro al dormir por esos niños".

Admitiré que no había esperado eso, sin embargo, de alguna manera ese fragmento de maldad en particular parecía encajar con el carácter del hombre que había conocido. No lo había sospechado en absoluto, pero podía creerlo. "¿Por qué no le dices a la policía?"

Ella rió tristemente. "Porque les paga dinero todos los meses para ignorar todo lo que sucede en su casa".

"Correcto. Estamos en Colombia, no en Des Moines".

"Pensé en matarlo". Ella me miró. "Realmente lo hice. Pero sería caro y entonces no tendría trabajo".

"¿Te preocupa perder tu trabajo? ¿Quieres seguir trabajando para ese bolsa?"

Su sonrisa era delgada. "No, pero sin el dinero que envío a casa, mi familia se morirá de hambre. Debería renunciar, pero solo dejar el trabajo no cambia nada. Eso sería solo yo huyendo".

Ella estaba al borde de las lágrimas. "¿Paga a la policía?", Le pregunté.

Su asentimiento lo confirmó. "Él lo envía personalmente al jefe".

Eso ciertamente complicó la idea de corregir los errores del mundo, al menos en Cartagena. "Entonces él consigue niños y les hace cosas sexuales".

Ella asintió. "Encuentra huérfanos, niños de la calle. A veces incluso los saca de orfanatos del interior ofreciéndoles el dinero que necesitan desesperadamente".

"¿Los mantiene prisioneros?"

"Ninguno ahora, pero tiene una habitación en la casa donde los mantiene encerrados. Por lo general, él tiene uno allí, a veces dos. No los veo, pero les arreglo la comida".

"¿Qué les sucede cuando termina con ellos?"

Ella negó con la cabeza tristemente. "No tengo idea."

El abuso infantil era una enfermedad que me revolvía el estómago. Este tipo estaba viviendo su malvado sueño, de ser un gilipollas feliz. Me irritó que estaba usando su fortuna invisible para evitar pagar el precio real. El dinero lo aisló del costo humano.

Tenía que haber una manera de llegar a él, de detenerlo. Cambié la situación en mi cabeza. Quería ayudar a Paola a detenerlo, pero no era una persona asesina o incluso una persona muy amenazante. No podía intimidarlo y no estaba seguro de que eso funcionaría de todos modos, no si tenía a la policía en el bolsillo. Todo lo que tuve fue tecnología. Sabía tecnología y gracias a la diarrea verbal de Daryl, sabía sus vulnerabilidades. De repente, tuve algunas ideas bastante oscuras sobre las buenas maneras que, con un poco de ayuda, podrían convertirlo de ser un jodido rico y enfermo a uno pobre. Eso al menos lo retrasaría. "Puede que tenga una idea", le dije.

Su rostro se iluminó. "¿Puedes detenerlo?"

"Creo que sí, pero necesitaría tu ayuda".

Ella se veía feliz. "Por supuesto si pudieras..."

"¿Puedes venir a mi casa?"

Ella inclinó su cabeza, mirándome con curiosidad. "¿Su habitación de hotel?". Su sonrisa decía que la idea la intrigaba, pero el contexto era confuso.

"Tengo una idea que podríamos usar para arreglar esto, pero no deberíamos discutir esto en público".

Ella asintió. "¿Eres serio?"

"Lo soy". La verdad era que hablaba en serio sobre varias cosas a la vez y, para variar, ninguno de ellos tenía nada que ver con la codificación. Hablaba en serio acerca de encontrar una manera de detener al "arrastrado" y dormir con la chica. Ese fue un escenario de ganar-ganar en mi libro. Incluso uno de cada dos no sería una pérdida total.

Ella enganchó las bolsas de comestibles sobre su brazo y pasó su otro brazo por el mío. "Vámonos".

Un cuarto con vista

Mientras caminábamos las pocas cuadras hasta el hotel, mi enfoque en el problema en cuestión se vio comprometido por el hecho de que su fino vestido blanco dejaba poco a la imaginación. El brillante sol tropical brillaba a través de él, recortando su dulce cuerpo. Dirigí mis ojos sobre sus curvas, viendo todo lo que pude e imaginé el resto con el resultado de que estaba teniendo dificultades para mantener mi pecho bajo control. Ella tenía que notarlo.

Cuando llegamos a mi habitación, ella le echó un rápido vistazo como lo hacen las mujeres y te hace pensar que están imaginando mudarse. Luego pusimos en mi minibar las cosas frías que ella había comprado para que no se estropearan ni se calentaran antes de llegar a su casa. Mientras guardaba las cosas, la miré inclinarse para cargar la nevera y ver sus bragas rosadas de encaje tensas sobre la curva de su culo. Me hizo suspirar.

Volví a concentrarme en el tema que se suponía debíamos discutir. "Él me dijo, Daryl lo hizo, que tiene un segundo teléfono celular. ¿Sabes dónde lo guarda?

"Si. Siempre está en el cajón de su escritorio superior. Nunca lo usa, excepto una vez al mes cuando paga facturas. Me llama a su oficina para avisarme que me ha enviado mi sueldo al banco en Medellín y está en su escritorio".

"¿Y podrías llegar a eso?"

"¿El teléfono? Sí, pero si lo tomo, lo sabría. Tiene cámaras de seguridad en su oficina".

"¿Mira las cámaras a menudo?"

Ella rió. "Nunca. Están ahí en caso de que algo se pierda. Él se asegura de que todos sepamos que están allí".

"Maniquíes", dije.

"¿Qué?"

"Creo que son falsas. Él no sabría cómo encontrar lo que está buscando. Es mejor comprar artefactos baratos y hacer que la gente piense que está protegido".

"Pero él es rico".

"Y un bastardo tacaño que se salta el pagar las bebidas. Algunas personas ricas son así. Pero necesito saber algo. Esto es importante, en esa oficina suya... ¿usa una computadora portátil o de escritorio? "

"Una de escritorio. La computadora está debajo del escritorio y tiene un monitor y un teclado en la parte superior".

Eso era bueno. "¿Y él no cierra su oficina?"

"No." Entonces ella me dio una sonrisa culpable. "Bueno, sí, la bloquea, pero es solo un pestillo que se puede levantar con un cuchillo de mantequilla".

Tuve que admirar la entrada astuta. Ella ya había estado buscando la manera de llegar al hombre, algo que usar contra él. "¿Siempre te pagan el mismo día del mes?" "Sí, siempre es el primer día. Él es más bien... "

"¿Anal?"

Ella sonrió. "Fixated, era la palabra en la que estaba pensando. Obsesionado". Pensé en la línea de tiempo. El primero estaba a dos semanas de distancia. Estaba bastante seguro de poder alinear las cosas a tiempo. No solo, aunque "Si estás dispuesta a ayudar, creo que podemos detener a Daryl Saunders".

"¿Sí?" Ella aplaudió con deleite. "Dime cómo."

"Tendrás que tomar algunos riesgos. Tú tienes acceso a las cosas que necesitamos. Yo tengo el conocimiento, pero si vamos a detenerlo, necesito que tomes esos riesgos".

"Dime qué hacer."

Ella estaba a bordo. "Necesito resolver algunos detalles. Hay un par de cosas técnicas y el momento debe ser el correcto".

"¿Y luego podemos detenerlo?" Su emoción fue contagiosa. "No solo podemos detenerlo, sino que hacer lo que tengo en mente resolverá tus problemas, los de tu familia y hasta mis problemas".

"¿Tus problemas?"

"Sí. Los míos."

"¿Qué problemas tienes?"

"Los míos son pequeños. Odio mi trabajo. Con dinero, puedo renunciar. Estoy aburrido. Con dinero puedo viajar. Puedes dejar de trabajar también. Ya no necesitarás trabajar".

"¿Cómo puede ser eso? ¿Algo como eso?"

"Porque, Paola, nosotros, tú y yo, vamos a tomar todo el dinero de este bastardo. Le robaremos su fortuna invisible".

"¿Tómarlo? ¿Cómo?" Vi una luz encenderse en su cabeza. "No tener dinero lo detendría, pero..."

"Sé cómo hacerlo. Todo lo que queda es ponerlo en movimiento".

"¿Y tendremos dinero? ¿Su dinero?"

"No en un solo monto. Lo tendríamos, pero de repente no podríamos ponerlo en el banco. Si cualquiera de nosotros fuera repentinamente rico, eso despertaría sospechas. Tengo la intención de preparar las cosas para que cada uno tenga más depósitos cada mes de lo que puedas imaginar ", le dije. "Tú y yo, chica, tendremos lo suficiente para hacer lo que queramos".

La mirada que vi cubriéndole la cara fue increíble. Estaba brillando con esperanza. Ahora necesitaba cumplir mi promesa. Me había propuesto ser su caballero blanco y tenía la intención de ser eso: nunca antes había sido el caballero blanco de nadie y me gustaba cómo se sentía. La idea de hacerse rico tampoco estaba mal. Para llevarlo a cabo necesitaba hacer una investigación. Eso no tomaría mucho tiempo. Y en este momento, mientras estaba atrapada en la idea de un futuro emocionante por primera vez, tenía otro elemento en mi agenda. Estaba decidido a reclamarla.

Ella entendía todo eso y probablemente mucho más también. Veo eso en su cara ahora. "Entonces, ¿seremos socios?", Preguntó ella.

Casi me quedé sin aliento por el calor en su sonrisa, una exuberancia en sus labios, y la forma sensual en que dijo esa sola palabra, 'socios' ".

Me puse de pie y ella también, volteándose para mirar por la ventana. Tenía una buena vista, pero esa no era la razón por la que había girado en esa dirección. Ella estaba de perfil, fingiendo no entender lo que se estaba construyendo entre nosotros. Ella estaba siendo tímida. Entonces tomé la iniciativa. Me acerqué a ella y acaricié el suave y curvo montículo de su culo. Ella no se inmutó y el calor que sentía a través de sus bragas era intenso. Me incliné y le besé el cuello. Ella se congeló, arqueando su espalda, mientras yo deslizaba mi otra mano dentro de su vestido de verano. "Socios" dije. Mi mano se deslizó fácilmente sobre su cuerpo sudoroso, llegando a sus pequeños pechos. Los ahuequé y dejé que mis dedos jugaran con sus pezones.

Paola dejó escapar un pequeño gemido que me emocionó porque era el sonido de que ella estaba excitada. "Dios mío", jadeó mientras la acariciaba. Se desplomó contra mí y el olor de ella, la sensación de su cálido cuerpo contra el mío fue increíblemente excitante. Ella me miró, me miró a los ojos, y mis labios se dibujaron en su boca exuberante. Nos besamos, agarrándonos el uno al otro, nuestras lenguas entrelazadas.

Cuando rompimos el beso, le puse la mano debajo de las piernas y la levanté. La expresión de su rostro era de expectación y la llevé a mi estrecha cama.

Cuando la puse de espaldas, ella me miró, sus ojos marrones dilatados, su boca ligeramente abierta. Se quedó allí tumbada cuando comencé a desnudarla, revelé esa hermosa piel marrón. Verla era embriagador, y cuando estuvo desnuda, me desvestí, luego me moví entre esas bonitas piernas, sintiendo la calidez de su cuerpo contra el mío, y luego la forma mágica en que me envolvió. Sus piernas se apretaron a mí alrededor cuando la penetré; ella me abrazó, tocó mi rostro mientras la tomaba con una pasión feroz.

Luego, cuando estuve agotado, me alejé de ella para caer exhausto junto a ella. Ella se acurrucó sobre mí y apoyó su cabeza en mi pecho, escuchando mi corazón disminuir la velocidad. Mis manos exploraron su espalda. "¿Tomaremos su dinero?", Preguntó ella, buscando algo de certeza.

"Lo haremos", dije. "Y te tomaré una vez más antes de que tengas que irte".

"Solo porque somos socios", dijo ella.

Realmente no importaba, pero comencé a preguntarme quién había seducido a quién.

Planificación

El día siguiente requirió un poco de planificación, pasé todo el día con un amigo mío llamado Jack Daniels. Afortunadamente, él tomó el asunto a bien y, mientras mi amigo bebía hasta el cansancio, pensé en cómo podría desarrollarse mi plan. Periódicamente, mi mente se sumió en pensamientos cálidos y emocionantes sobre Paola, pero ante todo fuí bueno y logré enfocarme rápidamente en la tarea que tenía entre manos.

Panamá, lo aprendí, tiene tres intercambios cripto. Tendría que determinar cuál usa él. Luego, necesitaba su identificación de usuario y contraseña. Con ellos, necesitaba su teléfono o su tarjeta SIM. Cada vez que el intercambio recibe una solicitud para mover o convertir criptografía, envía un mensaje de texto. Se llama factor de doble autenticación: es una forma de asegurarse de que algún hacker no obtenga su moneda.

Me gusta confirmar las cosas, asegurarme de que entiendo lo que estoy haciendo. En este caso, recurrí a alguien más informado, mejor calificado. Su nombre es Vihaan y ha sido un buen amigo durante años. Nos conocimos a finales de los 90. Vihaan fue parte de la primera gran ola de programadores indios que llegaron a los EE. UU., Reclutados para lidiar con el pánico que rodeaba al error y2k. Era mucho ruido y pocas nueces, pero Vihaan hizo un buen trabajo y se hizo un nombre. Se había convertido en un importante consultor de seguridad para varias compañías de Fortune 500.

La primera vez que trabajamos hasta tarde juntos, después de que finalmente lo llamamos una noche, saqué una botella de whisky de mi escritorio y le ofrecí un vaso. Fue su primera prueba de ese licor de alta gama y lo adoró. Luego, la próxima vez que nos quedamos a dormir, una vez que terminamos de trabajar, su esposa hizo Chicken Tikka Masala para nosotros. Fue el comienzo de una larga amistad.

Vihaan me dijo que su nombre significaba 'el amanecer de una nueva era', ciertamente así fue entonces y otra vez ahora. Cuando comenzó el año 2000, el banco donde trabajamos en ese momento no tenía problemas con Y2K, pero los técnicos del servidor sí se quejaban de los penetrantes olores del curry y el zumbido que hacíamos en el whisky con su gélido dominio.

Hace años, Vihaan me mostró un Keylogger en línea. "¿Un Keylogger?"

Él sonrió con su entusiasmo nerd. "Lo pones entre una computadora de escritorio y el teclado", dijo. "Registra cada golpe de teclado hecho, hasta que la memoria esté llena, por supuesto". Pensó que era un artilugio inteligente. "Sería un poco obvio en un centro de datos", dijo. "Lo notarías fácilmente, sospecho".

Lo verías allí, pero no en un hogar, donde nadie lo estaría buscando. Es por eso que estaba tan feliz cuando Paola me dijo que tenía una computadora de escritorio. Cuando inició sesión en su cuenta, la información sería capturada.

"¿Quiero saber por qué necesitas esto?", Preguntó. "Supongo que tiene que ver con una chica sexy".

"Así es", admití. "Su nombre es Paola".

"Que lindo."

"Ella siente algo por la mierda de alta tecnología. Esto la impresionará muchísimo. Ella podría traer a una amiga si es lo suficientemente emocionante".

Él rió. "Entonces lo enviaré mañana". Sabía que yo estaba mintiendo, por supuesto, pero a él tampoco le importaba.

"¿Puedes enviar una billetera hardware también?", Pensé rápidamente. "En realidad, necesito dos de ellas".

"Por supuesto. ¿Algo más? ¿Un cono de helado? ¿El guardabarros izquierdo para un Ford de los años sesenta?"

"Asno sabio".

"Tú eres el que está pidiendo favores extraños".

"¿No he estado siempre? ¿No es por eso que tienes amigos?"

"No lo sé. Solo te tengo a ti, y solo tu palabra del hecho de que somos amigos".

"Cállate y envía la mierda".

"Considera que fue enviado".

Una vez hecho esto, entré al centro de la ciudad en una pequeña tienda, un pequeño local de teléfonos celulares, y pedí una tarjeta SIM de una de las líneas que funcionara la mayor parte del tiempo.

"Pasaporte", dijo ella, tendiéndome una mano. Se suponía que ella debía recopilar la información de mi pasaporte, para una especie de data: Conozca a su Cliente. Afortunadamente, esto era Cartagena, no Miami.

"Lo siento, no lo tengo conmigo", le expliqué. Al mismo tiempo, le entregué 100.000 Pesos, que son alrededor de $ 40. Con eso me gané una sonrisa.

"No importa", dijo ella. No era importante... después de todo, nos habíamos convertido en viejos amigos y ella me conocía bien. Señaló el teclado de su terminal, indicando que debería escribir mis datos personales.

Para el nombre, ingresé como: "Chester DeMole Ster". No pude evitar reírme entre dientes. Créalo o no, el nombre era parte de mi plan. Nada de eso era necesario, solo glaseado en el pastel.

Compré un teléfono barato también. Quería un quemador para usar para las transferencias. Estaba siendo demasiado cauteloso, pero soy un poco cobarde cuando llegas a eso y esta fue una protección barata. Luego, con mi nueva tarjeta SIM en el bolsillo y la información que había acumulado zumbando en mi cabeza, me puse a buscar una cerveza Águila fría. Deseé poder ver a Paola, pero hasta que esto haya terminado, hemos acordado mantener nuestras reuniones informales y públicas. No podíamos arriesgarnos a que rumores llegaran a los oídos de Daryl de que ella y yo nos habíamos hecho amigos y estábamos pasando tiempo juntos. Él podría sospechar algo.

Sin embargo, nos conocimos. Necesitaba explicarle cómo funcionaba la criptografía, para que ella pudiera entender lo que estábamos haciendo. Tendría que aprender a usar una cold wallet (billetera fría) y cómo acceder a los fondos más adelante. Afortunadamente, ella aprendía rápido. También pude enviarle un par de libros electrónicos sobre cómo usarlos y un enlace a un video de YouTube que la guiaría a través de la configuración.

Lo recogió rápido y me hizo buenas preguntas. Eso me dio una buena sensación sobre lo que estábamos haciendo, en lo que nos estábamos metiendo.

"Esto es gratis", dijo Diego, poniendo la cerveza fría en frente de mí sin que yo le preguntara. Quiero decir, no era una gran suposición que a esta hora del día comenzaría con eso.

"¿Por qué?", Le pregunté. "¿Por qué me dan una cerveza gratis?"

"Porque estás haciendo lo correcto".

No estaba tan seguro de eso, pero si lo creía, estaba feliz de disfrutar de su buen favor. Tomé un sorbo largo y refrescante, y me pregunté si debería hacer que una masajista de turno viniera a mi habitación. Sin Paola, me estaba poniendo un poco retorcido.

Miré hacia la ciudad amurallada y decidí que era una muy buena idea. Un chico trabajador necesitaba un poco de relajación, después de todo y un masaje me ayudaría a mantener el rumbo.

En acción

El tiempo se arrastró mientras hacíamos los preparativos. Las golosinas que Vihaan había prometido llegaron y ansiosamente monté mi billetera.

Paola vino a mi casa después de hacer sus compras. Me alegré de verla y sabía que necesitaba que la tranquilizaran. "¿Qué hago?", Me preguntó Paola. "Estos días pasan lentamente y me estoy volviendo loca".

Yo también lo estaba, pero no de la manera que ella quería decir. Anhelaba atornillar a esa maravillosa mujer otra vez. Le di el Keylogger que había llegado con seguridad. Ya se lo había contado y ahora, mientras lo miraba, le dije cómo instalarlo. "Eso suena simple", dijo.

Era simple. "Solo asegúrate de ponerlo donde no esté a la vista".

Ella frunció el ceño. "No soy idiota."

Sus nervios la estaban poniendo un poco irritable. "No, no eres una idiota. Solo estoy siendo cuidadoso, asegurándome".

Le di la billetera hardware que había conseguido para ella. "Tu dinero se almacenará en esto", dije. "Haz que se configure de la manera que has aprendido para que esté lista".

Ella lo agarró con fuerza, agradecida. "¿Qué más puedo hacer?"

"Cuando estés en la oficina revisa su escritorio para ver si hay intercambios de criptografías en Panamá... un nombre sería útil. Escribe lo que encuentres, no saques nada de la oficina".

Ella frunció el ceño. "¿Qué pasa si no hay nada allí?"

"Eso solo me ralentiza. No es importante".

"Entonces, ¿para qué molestarse?"

"Si podemos descubrirlo, ayudará. Saber qué intercambio utilizará me permitirá prepararlo, echarle un vistazo, incluso abrir una cuenta. Entonces estaré acostumbrado a la interfaz de usuario, a cómo funciona, y eso me permitirá hacer las cosas más rápido".

"Pero incluso si no lo sabes, ¿todavía puedes obtener la misma información?"

"De la tarjeta SIM". Su rostro se iluminó.

"¿Entonces robo eso en vez del teléfono?"

"Exactamente. Cuando estés segura de que ha pagado sus cuentas, en la primera oportunidad que tengas cuando sea completamente seguro, cambiarás su tarjeta

SIM con esta. Le di la que había comprado. "Eso nos dará todo lo que necesitamos", le dije. "Podemos autenticar las transferencias".

La sonrisa que me brindó fue emocionante. "Simplísimo".

Ella tenía razón. La mejor parte del plan es que no era complicado. Cuando Daryl pague sus cuentas, nosotros tomaríamos su dinero, y él no tendría idea hasta el próximo mes. "Es simple, pero no arriesgues. Si tenemos que esperar unos días después de que él pague las facturas para que tengas una oportunidad de obtener la tarjeta SIM y recuperar el Keylogger sin él allí, está bien. Se muy cuidadosa. Si no hablamos en serio para hacer esto, si no entendemos los riesgos, ni siquiera deberíamos intentarlo".

"Lo entiendo todo", dijo. "Los riesgos y las recompensas son muy claros." Ella se lamió los labios. "Pero necesito estar segura de que estás seguro, de que realmente vas a hacer esto".

"¿Por qué no lo haría?"

"En mi experiencia, cuando se trata del momento de la verdad, muchos hombres cambian de opinión", dijo. "Entonces ofrezco un pequeño recordatorio de las recompensas que no están incluidas en su fortuna invisible." Luego, se arrodilló, abrió mis bermudas, y sin palabras usó su lengua y su boca para mostrarme lo seria que era.

Sin duda, me recordó que había muchas buenas razones para seguir adelante con este plan, independientemente de los riesgos.

Cuando se levantó de nuevo, limpiándose la barbilla, sus ojos brillaron. "Y eso es solo un adelanto", dijo. "Quiero que mi compañero esté ansioso por hacer esto".

Yo lo estaba y ese entusiasmo era por algo más que el dinero de Daryl.

Ella se fue justo después de eso y me sentí extrañamente solo. Algo en ella era diferente de otras mujeres que había conocido. Siempre me había alegrado cuando se iba una mujer. Había estado bien solo y siempre habrían otras mujeres.

Esta vez fue diferente.

Dos días después, me llamó para decirme que el Keylogger estaba en su lugar y para darme el nombre del intercambio criptográfico. "Él tiene una copia impresa de la información de su cuenta pegada con cinta adhesiva en la parte inferior del cajón del escritorio", dijo. "Creo que vio demasiadas películas de espías. Afortunadamente, yo también. Deben ser las mismas".

Yo había visto esa película, o esas películas, también.

"Buen trabajo", dije. "Entonces, otra tarea para ti cuando entres a la oficina para recuperar la tarjeta SIM ingresa a su navegador y elimina el nombre de usuario y la contraseña de esa cuenta".

Ella hizo un sonido de zumbido, pensando en ello. "Para mantenerlo afuera".

"Correcto. No quiero que lo revise al azar. Si no está allí, podría pensar que alguien se metió con su computadora, pero no sugerirá que haya sido pirateado. Es todo para darnos tiempo de escapar".

"Excelente."

Cuando colgó, la habitación se sintió aún más vacía, o tal vez fue porque me sentía vacío sin ella allí.

¿Estaba enamorado? Si esto era amor, dolía de una manera extraña. Me sentía más vulnerable de lo que alguna vez me había sentido en mi vida.

El Momento De La Verdad

Debes apreciar a las personas predecibles incluso si no te gustan. Es reconfortante, sabiendo que puede contar con ellos para vivir a la altura, o hacia abajo, a sus expectativas. Daryl fue un excelente ejemplo, al menos en sus hábitos financieros.

En la mañana del primer día del mes, Paola me llamó desde la ciudad. "Él lo está haciendo ahora", dijo. "Fue a su oficina cuando me estaba yendo para conseguirle cigarrillos".

"Vuelve allí y asegúrate", le dije.

"Relájate. Él es un hombre de relojería ", dijo. Sabía a qué se refería.

"El problema es que no te tengo aquí para relajarme", señalé.

Ella rió. "Hay otras chicas alrededor". Luego colgó.

A partir de ese momento, el plan dependía de ella. Todo lo que podía hacer era esperar a que ella encontrara una apertura, cambiar la tarjeta SIM y recuperar el Keylogger.

A la mañana siguiente la encontré de pie en mi puerta, luciendo espléndida y tendiéndome una tarjeta SIM y el Keylogger. "Gracias a Dios", le dije, barriéndola hacia dentro. Por una vez estaba concentrado en mis planes.

Saqué el teléfono barato que había comprado, puse la tarjeta SIM y la miré. "Aquí vamos", dije.

Conecté el Keylogger en una nueva computadora portátil que había comprado cuando estuve seguro de que íbamos a hacer esto. No quería ningún registro de estas transacciones en mi sistema habitual. Luego conecté un teclado externo a él. Ella miró por encima de mi hombro cuando abrí el Notepad y escribí el código que accedería al Keylogger.

Aunque él se había conectado varias veces ese día, probablemente pagando facturas individuales, el nombre de usuario y la contraseña no eran difíciles de encontrar. Los detalles de inicio de sesión de todas sus cuentas se almacenaron en caché en su navegador, por lo que no tuve que ingresarlos. Pero, como Paola había borrado sus credenciales del caché Panamá PrivEx en el navegador, tuvo que escribirlas manualmente.

No estaba preocupado por eso alertándola sobre problemas. Él estaría un poco frustrado por la molestia, por supuesto, tal vez tuvo que buscar la contraseña, pero las computadoras tenían fallas. Una falta en su computadora, un error localizado no era algo de lo que preocuparse. La computadora nunca salió de su oficina, después de todo, y nadie más la usó. Incluso si fuera conocedor de la tecnología, probablemente solo verificaría la URL y, viendo que era correcta y que no era víctima de un intento de phishing (suplantación de identidad), supondría que se cambiaba el nombre de un cuadro de texto o página en la red. Obligándolo a volver a ingresar sus credenciales. Hubiera sido un dolor en el trasero, pero no algo que lo alertaría sobre problemas. Cuando intentó ingresar, el sitio lo había obligado a ingresar la información de inicio de sesión. Ahora, cuando examiné el Keylogger, la información que necesitaba estaba allí, reluciendo como diamantes tallados.

Con el nombre de usuario y la contraseña anotados, fui a mi computadora portátil y navegué hasta el Panamá PrivEx, donde me conecté. Momentos después, sonó el estúpido teléfono en el que había encendido la tarjeta SIM de Daryl. "Un mensaje no leído", decía. Comprobé el mensaje, ingresé el código en la ventana emergente de DFA y contuve la respiración.

Funcionó. La puerta de la bóveda se abrió y, sin ninguna fanfarria, excepto por un pequeño aviso en la barra superior, "Bienvenido Daryl", tenía mis ojos y manos virtuales en su cuenta.

Daryl no había estado mintiendo. Tenía poco más de 730 Bitcoins en ese intercambio. En ese momento, esa cantidad valía solo unos diez millones de dólares estadounidenses. Eso compraría muchas empanadas.

"Dios mío", dijo Paola cuando le dije cuánto dinero tenía Daryl, cuánto estaríamos compartiendo.

"Ahora comienza la diversión", dije. Su aliento cálido y picante me calentó la oreja cuando me vio enchufar mi billetera hardware, la billetera fría que almacenaría el botín fuera de línea, en la computadora portátil y autorizar su transferencia. La mitad del bitcoin disponible flotó en el limbo digital por un tiempo, con la transacción listada como "pendiente". Fue un momento ansioso.

"¿Por qué tanto tiempo?" Preguntó ella, nerviosa ahora.

"La transacción debe ser verificada. Es una de las partes débiles de la cadena de bloques. Necesita ser arreglado. Entonces es lento pero seguro".

Me levanté y fui a mi nevera y tomé una cerveza para cada uno de nosotros, pero ella negó con la cabeza. Bien, más para mí. Tomé un sorbo y miré la pantalla un poco más, urgiéndola. Vamos Satoshi, hazlo por nosotros.

Finalmente, fue confirmado. Verifiqué las monedas en la billetera y la desenchufé. La mitad del dinero de Daryl había desaparecido... era mío.

"Mi turno", dijo, entregándome su billetera fría. "¿Tienes los códigos? ¿La semilla, seguro?"

Ella asintió. Lo conecté, obtuve la dirección de recepción y volví al intercambio para transferir las monedas restantes a su billetera. Cuando se leyó, ambos nos quedamos atrás y miramos la pantalla. Bebí mi cerveza y Paola pasó su mano por mi hombro y mi espalda. Cuando se confirmó, desenchufé la billetera y se la di.

"Así que ahora eres rica", dije.

"Más importante, él es pobre", dijo.

"Sí. Pero recuerda que si no conviertes todo el bitcoin en efectivo, necesitas..."

Ella rió. "He escuchado esto muchas veces, de él, de ti... Simplemente convierto lo que necesito y trato de ocultar el rastro del dinero. Sí, sí, sí..."

Esperaba que ella entendiera.

En ese momento, no había forma de que Daryl pudiera encontrar las monedas, ni mucho menos acceder a ella, ni siquiera saber a dónde fue. Eso se sintió bien. Y también se sintió bien Paola besando mi mejilla y frotando mis hombros.

Así me mantuvo mientras borraba el historial de la computadora, todas las contraseñas, limpiaba el disco, sacaba el disco y lo rompía por si acaso. Probablemente no era todo necesario. Tal vez nada de eso lo era, pero ser prudente nunca me quitó el sueño.

"Con suerte, tenemos un mes antes de que se dé cuenta de que su dinero se ha ido", le dije. "Necesitas decirle que alguien de tu familia está enfermo y que tienes que ir a verlos". No le digas que renuncias. Y luego necesitas irte realmente. Cuando se entere de que ha sido robado, no se sabe lo que hará".

Ella sonrió. "Mi familia quiere que regrese a Medellín".

"Perfecto. Necesito regresar al trabajo Así que lo haré".

"¿No va a venir la policía detrás de nosotros cuando él informe que fue robado?"

Fue mi turno de sonreír. "Incluso si sospecha de ti, la belleza con una fortuna invisible, no podrá probar que tenía dinero para robar. Lo peor de lo que él podría acusarte es cambiar la tarjeta SIM de su teléfono. Y él ya no tiene influencia. No tendrá dinero para pagarle a la policía para hacernos algo. De hecho, pagaré a la policía para arrestarlo por abusar de los niños".

Ella rió. "Creo que eso los hará felices también". El jefe, el jefe Álvarez, no le agrada y le gustaría meterlo en la cárcel".

Simplemente no a costa de perder sus ingresos actuales, por supuesto. Pero ahora terminará de todos modos, al menos ellos tendrían algo para encerrar a un tipo malo. Ver claramente hace a una persona cínica.

Ella se paró. "Si le pagas al jefe... bueno, se preguntarán de dónde sacaste el dinero y por qué te importa". Podrían pensar que tienes el dinero que él tenía. Puede que no lo recuperen, pero no les importaría tomarlo por sí mismos".

"Tendré que usar un intermediario".

A ella le gustaba esa idea.

"Mi cuidadoso amante", se rió, pasando sus manos por mi cuerpo. Empujé los restos de la laptop barata al piso. Ella se levantó, tirando de su vestido de verano y mostrándome que estaba desnuda debajo.

"Hablando de todo, tráeme esto a la cama donde podamos estar cómodos".

Esta vez nuestro amor fue mucho más sensual y relajado que antes, se sintió algo inquietante, como el amor.

Mientras estábamos en la cama, dije: "Ahora deberías volver a la casa y decirle que tienes que irte de inmediato".

"Él estará enojado".

"Tal vez, pero ya no tiene que importarte. Y si te vas sin decir nada, podría consultar su teléfono ahora. Queremos tener tiempo para poner espacio entre los eventos".

Ella asintió. "Bueno", dijo y mientras estaba parada en la entrada, casi fuera de ella, se detuvo y me miró. "¿Puedo volver aquí? ¿Por la noche? Le diré que me voy esta noche y lo pasaré aquí contigo. Entonces mañana me iré para unirme a mi familia." Podría decir que su cerebro aún se tambaleaba por la realidad de su riqueza recién descubierta.

"Me gustaría eso", dije.

Escuché el sonido de sus pasos mientras bajaba a la calle. Luego fui a mirarla desde la ventana, disfrutando de la forma graciosa en que su pequeño trasero se tambaleó al caminar de regreso para darle la noticia a Daryl.

Me sentí bien. Daryl iba a ser detenido. Paola estaba volviendo a mi cama. Y yo era rico

Me recosté y me pregunté cuánto sería hacer una donación adecuada para una organización de protección infantil. Supuse que había tales cosas. Necesitaba investigar eso.

Cabos sueltos

Paola regresó esa noche. Daryl compró su historia, incluso se mostró comprensivo. Entonces ella empacó y se fue. "Quiero que me recuerdes", me dijo. "De una manera emocionante".

De eso se aseguró. Ella se despidió de una manera que garantizaba que yo nunca la olvidaría ni la recordaría con malos sentimientos.

Por la mañana, ella se había marchado. A pesar de saber que ella se iría, fue un shock despertar y descubrir que ya no estaba allí.

Sabía que ella estaría bien. Todavía estaba sorprendido de lo rápido que había dominado la forma en que la cripto funcionaba. Ella lo había tomado y estaba corriendo con eso. Pasara lo que pasase a continuación, el dinero la había liberado para prosperar o estrellarse y arder. Fuimos socios y ahora eso había terminado.

Me quedaban un par de días en Cartagena y los pasé bebiendo y llevando chicas al cuarto que eran bonitas y sexys, pero que solo me hicieron echar de menos a Paola.

En mi última noche en la ciudad, mientras bebía mi quinto vaso de whisky, recibí un mensaje por WhatsApp de Paola en su nuevo teléfono que me informaba que había regresado sana y salva a la casa de su madre. Ella envió una foto de su vista de la ciudad de Medellín por la noche. "La vista desde Santo Domingo", escribió ella. "Pero no estaremos aquí por mucho tiempo".

La vista era espectacular, la ciudad era de altos edificios modernos y penthouses. El problema era que ella y su familia era visible. Sin embargo, sabía que con sus recursos eso no iba a ser un problema. Es fácil perderse cuando tienes suficiente dinero.

Me sentí bien. Paola estaba a salvo y avanzaba. Para cuando alguien descubriera que algo había sucedido, ella habría cubierto sus huellas. Todo lo que quedaba era que Daryl pagara el precio por lo que había hecho. Regresé al bar esa noche y llevé a Diego a un lado. "Hiciste algo bueno", dijo. "Quizás más de lo que sabes".

"Pero hay asuntos pendientes", dije. "Daryl Saunders está indefenso y necesita ser derrotado. Necesito que alguien le pague a la policía para sacarlo de las calles".

Diego se encogió de hombros. "Eso es posible. Sin embargo, ellos podrían querer una gran cantidad de dinero para hacer eso".

"¿De cuánto estamos hablando? ¿Qué es una gran cantidad de dinero? "

"Para arrestarlo querrán mucho. Hay tanto papeleo y un gringo significaría la atención de los medios que no quieren. Eliminarlo sería mucho menos costoso y mucho más simple".

"Ese es el punto. ¿Quieres decir que lo maten?"

Miró con recelo, no dispuesto a decir las palabras. "Sin la policía en su nómina, puede ser detenido fácilmente. No habría interferencia, nadie lo buscaría. Pero para hacer eso, la policía es una complicación innecesaria".

"Tú tienes las conexiones correctas. Yo no."

Él me dio la sonrisa más amable que jamás me había mostrado. "Si tú puedes. Me tienes. Estabas dispuesto a confiar en mí para sobornar a la policía. Estoy sugiriendo que confíes en mí para manejar su... el retiro de su mal comportamiento".

Eso tiene perfecto sentido. "Estaba preparado para ofrecer al Jefe de policía cincuenta mil dólares", le dije. "Yo iba a darte cinco mil por ser el mensajero".

Esa parte la había planeado de antemano. Me gustó la vida que había encontrado aquí y tenía la intención de entrar y salir de Colombia de forma regular a partir de ahora. Con eso en mente, abrí una cuenta en un banco local para facilitar el acceso al dinero. Contacté con mi cuenta de corretaje y cerré mi cuenta de jubilación. Les había ordenado que transfirieran setenta mil dólares a esa nueva cuenta. Pensé que estaba listo. "Puedo ir al banco y obtener el dinero mañana".

Diego sonrió. "Amigo, sobreestimas la eficiencia de mis compatriotas. Mañana encontrarás que habrá muchas razones por las que no le pueden dar tanto dinero, ni en dólares ni en pesos. Ellos tienen tu dinero y desean usarlo por un tiempo".

"Mierda". Probablemente tenía razón.

"Pero para hombres como nosotros, un poco de confusión bancaria no debería ser un problema, amigo".

"¿No?"

"Entiendo que tienes criptomonedas".

"Sí". No estaba seguro de cómo lo sabía, pero por supuesto, habló con Paola.

Me entregó una hoja de papel con una dirección y un código QR. "Envíe la cantidad en bitcoin a esta dirección", dijo, disfrutando de mi sorpresa. "No puedo pagar una billetera hardware, pero las Paper Wallets (carteras de papel) son gratuitas, fáciles de usar y seguras".

Me reí. Mi orgullo de ser inteligente con la tecnología me estaba poniendo al día una vez más. "Puedo hacer eso cuando regrese a mi habitación".

"Y ataré los cabos sueltos en esta operación bastante agradable".

Estaba seguro de que lo haría. También estaba seguro de que cuanto menos supiera acerca de cómo lidiaba con ellos, mejor estaría. Puse el papel en mi bolsillo. "Dado que estás siendo de tanta ayuda, supongo que no estarás aquí la próxima vez que regrese".

"Eso es poco probable. Con este dinero, incluso después de contratar la ayuda necesaria, puedo comenzar una nueva carrera en otro lugar ", dijo. "Sin ánimo de ofender, pero me he saciado de turistas". Él contempló los yates. "No estoy enamorado de esta ciudad de todos modos".

Entendí. "Iré a enviar el dinero ahora".

"Y resolveré el problema".

Nos dimos la mano y me fui, me detuve en la licorería para conseguir una botella y luego ir a mi habitación y enviar el dinero a la billetera criptográfica de Diego. Me divirtió estar haciendo eso, enviando Bitcoins de Daryl a su asesino. ¿Quién lo hubiera pensado? Aquí estaba, en el mundo salvaje de Colombia, atando cabos sueltos con cripto pagos a un camarero. Este mundo se estaba convirtiendo en un lugar nuevo, aunque un poco fuera de control.

De nuevo en casa

Cuando regresé a los Estados Unidos, me sorprendí al regresar a la oficina. No había estado seguro de hacerlo. Ahora que tenía suficiente dinero para varias vidas, el trabajo que había estado haciendo parecía inútil. Pero parte de mí quería ver cómo se desarrollaban las cosas en Colombia antes de hacer algo dramático.

Quería volver allí, permanentemente, esta vez, pero no si mi nombre aparecía como alguien buscado en una investigación de algún tipo. No escuché cosas buenas de las cárceles colombianas... ni de las prisiones.

Cuando volví al trabajo, busqué en Internet sucesos de Cartagena relacionados con el nombre de Daryl. Encontré uno que decía que había sido reportado como desaparecido. En un control de rutina, la policía encontró su casa abandonada. Había sido saqueado. Dudaba que hubiera sido saqueado hasta que la policía lo encontró perdido, pero nadie había preguntado.

También busqué noticias usando el nombre de Paola. Me encontré allí en una de esas historias buenas para el bien. Según el artículo, parecía que algún benefactor anónimo había establecido una nueva fundación para construir un orfanato cerca de Bogotá. Había financiado todo y parte de la carta era que había puesto a Paola y a un tipo llamado Diego a cargo para construirlo y ejecutarlo. Tenían buenos salarios, pero aparentemente, su benefactor había proporcionado tres o cuatro millones de dólares para construir el lugar y mantenerlo en funcionamiento. Me preguntaba si eso sería suficiente.

Negué con la cabeza, justo cuando mi jefe entró. "¿Malas noticias?"

"Lejos de ahí. Sorprendentemente buenas noticias." Parecía estar siempre subestimando a Paola y Diego.

"Bueno, tenemos algunos problemas para discutir".

"¿nosotros?"

"Lo que sea que pasó en sus vacaciones, no hizo que volviera todo fresco y con energía, al menos no sobre el trabajo. Tu mente está en otro lado".

Miré a mi jefe por un minuto tratando de ponerme nervioso para decírselo. Él había sido bueno conmigo y yo iba a tener que mentir. "Tienes razón. Mi mente está en otras cosas estos días. Realmente me gustó vivir allí".

Él rió. "No estamos planeando abrir una oficina en Colombia pronto... probablemente nunca".

"No para trabajar. Estoy cansado de la programación, al menos haciendo estas tareas repetitivas".

"Eso es lo que paga las cuentas".

Sonreí. "Todas las mías están pagadas por un largo tiempo fuera. Excepto una y tengo la intención de encargarme de eso".

"¿Qué me estás diciendo?"

"Que no puedo hacer esto nunca más; que ya no tengo que hacerlo, así que me voy a ir".

"Ese es un paso drástico". ¿Has heredado algo de dinero?

"Lo hice, como cuestión de hecho". Por así decirlo, lo hice.

"Colombia es un lugar peligroso", dijo. Le gustaba trabajar conmigo y no quería que me fuera.

"Así es esto".

"¿Has oído hablar del tipo americano que encontraron que se cayó de un helicóptero?"

Eso me interesó. "¿Qué le pasó? ¿Cómo le sucedió eso?"

"Uno de esos recorridos por las playas de las islas frente a Cartagena o alguna mierda así. Aparentemente, durante la gira, se cayó y nadie se dio cuenta. ¿Cómo funciona? De todos modos, sucedió hace unos días y encontraron su cuerpo esta mañana. Lo ví en las noticias de televisión. Los policías de allí lo estaban buscando porque pensaban que había sido secuestrado pero apareció aplastado en la playa".

Sonreí. "Bueno, esas cosas pasan en todas partes, como dije. Y por una serie de extrañas razones, eso solo hace que sea más importante que renuncie y me vaya allí".

"¿Cómo funciona? ¿Algún tipo que no conoces muere y tienes esta repentina necesidad de ver dónde sucedió o algo así? "

"No. No me importa dónde murió. De hecho, voy a ir a un lugar cerca de Bogotá. Algunos amigos están construyendo un orfanato y yo debería verificarlo".

"¿Un orfanato en Colombia?" Se rascó la cabeza. "Pensé que te conocía pero creo que estaba equivocado".

"Todavía estoy aprendiendo sobre mí, así que no te sientas mal", le dije.

No estaba seguro de lo que haría ni de cómo sería la vida, pero podría darle a Paola y Diego una donación adicional a su trabajo y todavía tener lo suficiente para vivir, muy bien, por el resto de mi vida. Y estaba empezando a mirar algunas de las altcoins (monedas alternativas). Incluso sin necesitar el dinero, me intrigaba la idea de comerciar. Y tenía una buena cuenta perfectamente disponible en el intercambio de Panamá. Y todo era invisible. También era tangible y seguro, si era más cuidadoso que Daryl. Y fue el comienzo de una nueva existencia.

EL FIN